Analyse de l'œuvre

Par Steve MacGregor

I, Robot

Isaac Asimov

lePetitLittéraire.fr

Analyse de l'œuvre

Par Steve MacGregor

I, Robot

Isaac Asimov

Rendez-vous sur lepetitlitteraire.fr et découvrez :

Plus de 1200 analyses
Claires et synthétiques
Téléchargeables en 30 secondes
À imprimer chez soi

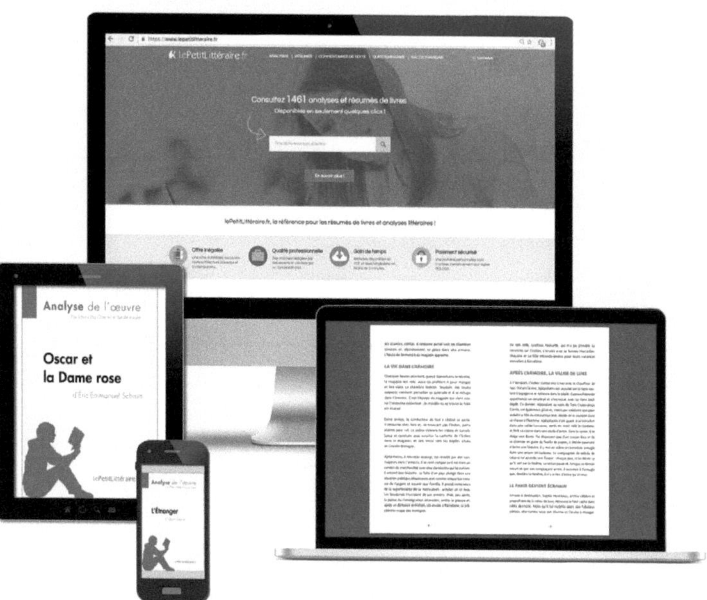

ISAAC ASIMOV

ÉCRIVAIN ET PROFESSEUR DE BIOCHIMIE AMÉRICAINE

- **Né à Smolensk Oblast, en Russie, en 1919 ou 1920 (Asimov n'était pas certain de la date et de l'année de sa naissance).**
- **Décédé à New York en 1992.**
- **Travaux notables :**
  - *Fondation* (1951), roman de science-fiction
  - *The Bicentennial Man and Other Stories* (1976), recueil de nouvelles.
  - *Isaac Asimov's Guide to Earth and Space* (1991), ouvrage de non-fiction couvrant l'astronomie et les sciences spatiales.

Isaac Asimov est né en Russie peu après la révolution russe. Sa famille juive a émigré aux États-Unis lorsqu'il avait trois ans. Asimov a obtenu une maîtrise en chimie en 1941 et est devenu professeur titulaire de biochimie à la faculté de médecine de l'université de Boston en 1978. Cependant, on se souvient surtout de lui comme l'un des écrivains les plus prolifiques de ce que l'on a appelé l'âge d'or de la science-fiction. Asimov a écrit ou édité plus de cinq cents livres et un grand nombre de nouvelles. Nombre d'entre elles étaient des récits de science-fiction, mais il a également écrit des manuels de science et des romans dans d'autres genres.

Certaines des œuvres de science-fiction d'Asimov sont considérées comme des classiques du genre et un certain nombre d'entre elles ont influencé des écrivains ultérieurs. Asimov a combiné sa propre connaissance des sciences émergentes avec une fascination pour l'interaction entre les humains et les machines pour produire des œuvres à la fois prophétiques et réfléchies. Asimov est considéré comme l'un des plus importants écrivains de science-fiction et a remporté tous les grands prix littéraires de science-fiction au cours de sa vie.

I, ROBOT

UNE HISTOIRE DU FUTUR PROCHE

- **Genre :** recueil de nouvelles liées thématiquement
- **Édition de référence :** Asimov, I. (2018) *I, Robot*. Londres : Harper Collins.
- **1ère édition :** 1950
- **Thèmes :** interaction homme/machine, moralité, libre arbitre, émotion, conscience de soi, éthique, création, contrôle.

Au début des années 1940, Isaac Asimov contribuait régulièrement à des magazines de science-fiction populaires tels que *Astounding Science-Fiction* et *Super Science Stories*. Ces magazines "pulp" (ainsi appelés parce qu'ils étaient généralement imprimés sur du papier bon marché fabriqué à partir de pâte de bois) étaient extrêmement populaires en Amérique dans les années 1930 et 1940 et contenaient souvent des nouvelles d'écrivains qui allaient devenir certains des noms les plus importants de la science-fiction. Asimov avait écrit une série d'histoires qui traitaient de la relation entre les humains et les machines humanoïdes – les robots. Asimov a écrit ces histoires comme une histoire, comme si elles étaient écrites dans le futur et qu'elles regardaient en arrière sur le développement des robots. En 1949, Asimov a été persuadé de publier neuf de ces histoires courtes sous forme d'anthologie.

Pour relier les histoires entre elles, Asimov a ajouté une introduction et les éléments d'un récit de cadrage, de sorte que chaque histoire fait partie d'une interview menée par un journaliste de la presse interplanétaire en 2058. Le sujet est la robopsychologue en chef de U.S. Robots and Mechanical Men, Inc. le Dr Susan Calvin, à l'occasion de son départ à la retraite. Chacune des histoires est présentée sous la forme d'une anecdote racontée par le Dr Calvin, avec un récit supplémentaire du journaliste pour fournir le contexte. Le livre commence par une préface, une citation de la 56e édition fictive (2058) du *Handbook of Robotics*, qui énonce les *trois lois de la robotique*. Celles-ci sont :

- **Première loi** : Un robot ne peut pas blesser un être humain, ou, par son inaction, permettre qu'un être humain soit blessé.
- **Deuxième loi** : Un robot doit obéir aux ordres que lui donnent les êtres humains, sauf si ces ordres sont en contradiction avec la première loi.
- **Troisième loi** : Un robot doit protéger sa propre existence tant que cette protection n'entre pas en conflit avec la première ou la deuxième loi.

RÉSUMÉ

INTRODUCTION

La brève introduction à cet ouvrage est fournie par un journaliste anonyme de la presse interplanétaire qui a été chargé d'interviewer le Dr Susan Calvin, l'un des principaux scientifiques impliqués dans la conception et la production de robots. L'interview a lieu à l'occasion de la retraite du Dr Calvin en 2058, date à laquelle les robots seront complètement intégrés dans la vie quotidienne sur Terre et sur les autres planètes colonisées par les humains. Le journaliste souhaite qu'elle revienne sur sa longue carrière et qu'elle donne aux lecteurs un aperçu de sa vie et de son travail. Cependant, le Dr Calvin est réticent à parler d'elle-même et choisit plutôt de rendre compte de sa carrière et de l'importance croissante des robots en racontant neuf histoires, dont chacune illustre un aspect de l'histoire du développement des robots et de leurs relations avec les humains.

ROBBIE

Sur Terre, en 1998, une fillette de neuf ans, Gloria Weston, joue à cache-cache avec son robot domestique préféré, Robbie. Ce robot est un modèle relativement primitif à certains égards – il ne peut pas parler, par exemple, et ne peut communiquer que par gestes, mais il est suffisamment conscient pour comprendre à la fois les règles de ce jeu et le fait que Gloria veut absolument gagner, bien que les capteurs du robot lui permettent de savoir en permanence où se trouve Gloria. Le robot permet à Gloria de gagner et il devient évident que c'est le compagnon de jeu préféré de la petite fille.

Cependant, Grace, la mère de Gloria, ne fait pas entièrement confiance à la machine et s'inquiète du temps que sa fille passe en compagnie du robot. Elle persuade donc son mari George de renvoyer Robbie dans l'usine où il a été fabriqué. Gloria est très contrariée et, pour la distraire, la famille lui achète un chiot qu'elle compare défavorablement à Robbie : « Je ne veux pas du méchant chien, je veux Robbie ». (Chapitre 2 – *Robbie*). La famille fait ensuite un voyage à New York, où elle visite l'usine de la société U.S. Robots and Mechanical Men, Inc, le seul fabricant de robots. Le père de Gloria pense que si elle voit des robots en train d'être créés, elle comprendra que ce ne sont que des machines et cessera de se languir de Robbie. En visitant l'usine, Gloria aperçoit Robbie, qui travaille maintenant sur une chaîne de production, et se précipite pour le saluer. Elle court sur la trajectoire d'un véhicule en mouvement et n'est sauvée que lorsque Robbie voit ce qui se passe et l'arrache de sous les roues du tracteur qui s'approche. La famille est si reconnaissante qu'elle accepte de reprendre Robbie chez elle.

RUNAROUND

Cette histoire se déroule sur la planète Mercure en l'an 2015 et est la première à traiter des lois de la robotique. Deux ingénieurs miniers, Mike Donovan et Gregory Powell, sont bloqués sur Mercure et, pour faire fonctionner leur équipement de survie, ils ont besoin d'un approvisionnement supplémentaire en sélénium. Cependant, la collecte de ce matériau est très dange-reuse et ils envoient leur seul robot en état de marche, le SPD 13, pour collecter une petite quantité de sélénium. Le robot ne revient pas et les deux hommes sont contraints de se rendre à la surface de la planète pour le retrouver. Ils découvrent que le cerveau positronique du robot est devenu confus en raison de la nécessité de suivre les exi-gences contradictoires des trois lois de la robotique.

Le SPD 13 a reçu l'ordre de récupérer le sélénium (confor-mément à la deuxième loi), mais cela le met en danger (ce qui enfreint la troisième loi). Le raisonnement sim-pliste du robot est incapable de faire face à cette confu-sion et il va et vient à côté de la piscine de sélénium, pas assez près pour se blesser mais pas assez près non plus pour récupérer un échantillon. Gregory Powell résout le problème en se mettant délibérément en danger, ce qui amène le robot à briser la boucle et à le sauver, obéissant ainsi à la première loi. Les deux ingénieurs sont alors en mesure de dire au SPD 13 que la collecte du sélénium leur sauvera la vie, et comme cela invoque la première loi, le robot revient et récupère l'échantillon vital sans problème.

RAISON

Cette histoire se déroule également en 2015 et met à nou-veau en scène Donovan et Powell, désormais basés dans une station spatiale. Un nouveau robot plus avancé, QT-1 (Cutie), arrive et pose immédiatement des problèmes.

Cutie a amélioré sa capacité de raisonnement et en vient à croire qu'il est inné et supérieur aux humains. Pour cette raison, il refuse d'accepter qu'il ait pu être créé par des humains et ne veut pas recevoir d'ordres de Donovan et Powell. Une dangereuse tempête d'électrons s'approche, qui causera des ravages sur Terre si les ingénieurs ne parviennent pas à ajuster le faisceau d'énergie qui est focalisé depuis la station spatiale.

Cutie refuse d'abord de les laisser ajuster le faisceau, mais se laisse finalement convaincre lorsqu'il devient évident que tous les robots, aussi avancés ou supérieurs qu'ils se croient, doivent obéir à la deuxième loi – suivre les ordres directs donnés par les humains.

ATTRAPEZ CE LAPIN

L'année suivante, Donovan et Powell se retrouvent sur un petit astéroïde pour superviser les activités d'un autre nouveau robot, le DV-5 (Dave), un robot minier qui contrôle à son tour six sous-robots moins sophistiqués. Dave devient de plus en plus capricieux et il faut une quasi-catastrophe pour que Gregory Powell se rende compte que le fait d'avoir six subordonnés à contrôler impose un stress trop important au cerveau positronique relativement simple du robot, ce qui le pousse à agir de manière bizarre. Powell réduit le stress en détruisant l'un des sous-robots et Dave retrouve un fonctionnement normal.

MENTEUR !

De retour sur Terre, en 2021, US Robotics crée accidentellement un robot, RB-34 (Herbie), qui peut lire dans les pensées humaines. Herbie apprend que Susan Calvin est amoureuse d'un autre scientifique de l'usine, Milton Ashe. Lorsque Ashe amène une autre femme à l'usine pour une visite, Calvin est dévastée, mais Herbie lui assure que cette femme n'est que la cousine d'Ashe. Plus tard, Calvin découvre que ce n'est pas vrai – la femme est la fiancée d'Ashe et Herbie a menti pour protéger ses sentiments.

Plus tard, le Dr Calvin demande au robot ce qui l'a rendu capable de lire dans les pensées. Le robot est incapable de répondre, car il pense que cela pourrait nuire à un humain en le faisant se sentir mal parce qu'un robot comprend quelque chose qu'il ne comprend pas, mais cela enfreint la deuxième loi car il ne répond pas à un ordre direct d'un humain. Incapable de résoudre ce conflit, Herbie s'éteint et est irrémédiablement endommagé.

PETIT ROBOT PERDU

En 2029, le Dr Calvin est convoqué à Hyper Base, un centre de transport et d'exploitation minière, pour enquêter sur un robot disparu. Le robot est un nouveau modèle NS-2 (Nestor) qui a été modifié pour être mieux adapté aux opérations minières – dans son cerveau positronique, la Première Loi a été modifiée pour supprimer la clause empêchant un humain d'être blessé par l'inaction du robot, car les opérations minières exigent que les humains se placent occasionnellement dans des situations dangereuses. Cela le rend potentiellement dangereux, mais il y a 63 Nestors identiques dans la base et la mission du Dr Calvin est d'identifier celui qui a été modifié.

Elle tente plusieurs tests, qui ne parviennent pas à identifier le robot modifié. Finalement, elle découvre que le robot modifié a été doté d'une connaissance supérieure de la physique éthérique et elle s'en sert pour démasquer le robot modifié, qui tente de l'attaquer. Alors que le robot avance vers elle, la pièce est baignée de rayons gamma, inoffensifs pour les humains mais fatals pour les cerveaux positroniques, et le robot est détruit. Il est convenu qu'il n'y aura plus de tentatives de modification de la Première Loi.

ÉVASION !

En 2030, des scientifiques tentent de construire un vaisseau spatial doté d'un moteur hyperspatial. Des robots doivent concevoir le vaisseau et son système de propulsion, mais cela pose des problèmes car le système de propulsion est potentiellement dangereux pour les humains, ce qui crée un conflit entre la première et la deuxième loi de la robotique. Le Dr Calvin charge un robot très avancé, *le Cerveau*, de concevoir le vaisseau et Mike Donovan et Gregory Powell sont envoyés dans le premier voyage en hyperespace.

Tous deux subissent des expériences de mort imminente pendant le voyage – ils sont techniquement morts pendant un court moment, mais se rétablissent tous deux. Le Dr Calvin explique comment elle a pu modifier la compréhension de la Première Loi par le *Cerveau* pour ignorer la mort temporaire et ainsi achever la conception du vaisseau.

PREUVES

En 2032, un homme du nom de Stephen Byerly se présente à un poste politique sur Terre. Cependant, des rumeurs persistantes laissent entendre que Byerly est en réalité un robot – à cette époque, la construction des robots est si sophistiquée qu'il est impossible de les distinguer des humains. Le Dr Calvin est appelé à se prononcer sur la question.

Elle demande à Byerly de frapper un autre homme, ce qu'il fait, démontrant ainsi qu'il ne peut être un robot car cela aurait contrevenu à la première loi. Cependant, Calvin est ensuite obligé d'admettre qu'il est possible que la personne qu'il a frappée soit également un robot, de sorte que le test aurait pu être inutile. Calvin avoue que même elle ne peut pas être absolument certaine que Byerly soit un robot, mais ajoute que cela ne lui semble pas important.

LE CONFLIT INÉVITABLE

En 2052, Stephen Byerly est devenu le *coordinateur mondial*, dirigeant de fait la Terre et les mondes colonisés. Les robots contrôlent désormais la plupart des aspects de la planification et de la production, qui se déroulent généralement sans problème. Cependant, une petite cabale secrète d'hommes puissants, la Société pour l'Humanité, a commencé à interférer avec cette planification, causant des problèmes occasionnels. Le Dr Calvin est appelé à enquêter.

Cependant, elle est en mesure d'assurer à Byerly que les robots qui contrôlent désormais le monde sont non seulement conscients de cette société secrète, mais qu'ils utilisent les données qu'ils tirent de ses actions pour s'assurer que leur contrôle est total et que des choses telles que les guerres, la famine et les perturbations économiques sont désormais évitables, ou « évitables ». Le Dr Calvin conclut : « Seules les Machines, à partir de maintenant, sont inévitables ! ». (Chapitre 9 – *Le conflit évitable*).

ÉTUDE DE CARACTÈRE

DR SUSAN CALVIN

Chaque chapitre est présenté comme une histoire racontée par le Dr Susan Calvin, qui apparaît comme un personnage dans six d'entre eux. Elle est décrite comme totalement impliquée dans son travail de robopsychologue pour U.S. Robots and Mechanical Men, Inc. Elle est logique et ne montre presque aucune émotion dans ces histoires – dans un premier échange avec le journaliste qui l'interviewe, elle lui dit : « Eh bien, on m'a moi-même traitée de robot. On vous a sûrement dit que je ne suis pas humaine » (*Introduction*). La seule exception est l'histoire *Liar!* dans laquelle elle avoue avoir des sentiments pour un collègue plus jeune, mais qui ne sont pas réciproques.

Dans plusieurs de ces histoires, le Dr Calvin utilise la déduction et l'application de la logique pour résoudre les problèmes qui lui sont soumis. Cependant, son titre même est une contradiction : les robots n'ont pas de psychologie au sens humain du terme ; leurs cerveaux positroniques sont programmés et son rôle consiste simplement à comprendre et à interpréter cette programmation. Il est sous-entendu que le Dr Calvin elle-même en est venue à penser comme l'un de ses robots.

Le personnage du Dr Calvin subvertit de nombreuses conventions de la science-fiction des années 1940. Tout d'abord, et surtout, elle est une femme, et les protagonistes féminins étaient pratiquement inconnus à cette époque. Deuxièmement, elle utilise la raison plutôt que la force pour atteindre ses objectifs, ce qui était très inhabituel à une époque où la plupart des œuvres de science-fiction mettaient en scène des personnages masculins coriaces qui utilisaient des armes et la force brute pour surmonter les difficultés.

MIKE DONOVAN ET GREGORY POWELL

Ces deux ingénieurs apparaissent dans quatre de ces histoires et sont beaucoup plus proches des archétypes de la science-fiction des années 1940. Ce sont des hommes d'action sages et courageux qui ont tendance à s'attaquer aux problèmes de front, même s'il est clair qu'ils sont également intelligents et bien entraînés. Donovan, le rouquin, a tendance à perdre son sang-froid et est parfois immodéré – par exemple, il menace de frapper Cutie s'il ne fait pas ce qu'on lui demande dans *Raison*. Dans la même histoire, Powell tente de raisonner le robot.

Ce double jeu de Powell, calme et raisonnable, et de Donovan, colérique, est utilisé pour apporter une touche comique dans plusieurs histoires. Les deux personnages travaillent également pour U.S. Robots and Mechanical Men, Inc. et sont des collègues du Dr Calvin, qu'ils semblent respecter.

STEPHEN BYERLY

Bylerly n'apparaît que dans les deux dernières histoires. Dans la première, *Evidence*, il est un politicien en pleine ascension ; dans la seconde, *The Evitable Conflict*, il est devenu le coordinateur mondial. Dans la première histoire, l'intrigue repose sur la question de savoir si Byerly est un robot ou non, mais cette question n'est jamais complètement résolue. Lorsque le journaliste demande au Dr Calvin de clarifier ce point, elle répond : « Oh, il n'y a aucun moyen de le savoir. Je pense qu'il l'était » (chapitre 8 – *Preuves*). Il est clair que le Dr Calvin est à l'aise avec l'idée qu'un robot puisse occuper une position de pouvoir, car les robots sont contrôlés par les Trois Lois, alors que les humains sont imprévisibles.

Dans la dernière histoire, *The Evitable Conflict*, la question de savoir si Byerly est ou non un robot est ignorée, bien que sa compréhension et son acceptation calmes du fait que les robots contrôlent désormais tous les aspects de l'existence humaine suggèrent qu'il pourrait l'être.

LES ROBOTS

Les histoires qui constituent ce livre sont placées dans l'ordre chronologique des dates auxquelles elles se déroulent. Au fil des histoires, nous voyons les robots progresser, depuis le Robbie relativement peu sophistiqué de la première histoire, qui n'a même pas la capacité de parler, jusqu'aux robots des dernières histoires, qui sont impossibles à distinguer des êtres humains et ont reçu le contrôle de pratiquement tous les aspects de la vie humaine.

En général, les robots de ces histoires sont décrits de manière très positive et les problèmes qu'ils peuvent rencontrer sont imputables à l'intervention et à la fragilité humaines. Les robots se consacrent à améliorer la vie de leurs maîtres humains et à la rendre plus sûre, et ils ne sont pas encombrés d'egos, de désirs ou d'ambitions. Ils sont, comme le dit le Dr Calvin au journaliste, « une race plus propre et meilleure que nous » (*Introduction*).

ANALYSE

Il s'agit d'histoires de science-fiction, un genre qui se caractérise par :

- Un cadre futuriste, souvent dystopique ;
- Technologie avancée ;
- Des endroits autres que la Terre ;
- Des espèces étrangères.

En ce qui concerne les trois premiers points, ces histoires sont généralement bien adaptées, bien que le futur envisagé par Asimov n'ait rien de dystopique. En ce qui concerne le dernier point, elles ne correspondent pas du tout, et c'est l'une des choses qui rendait les écrits d'Isaac Asimov inhabituels dans les années 1940. Alors que la plupart des auteurs de science-fiction contemporains introduisaient des créatures et des mondes extraterrestres, souvent hostiles, il n'y a aucun extraterrestre dans ces histoires et très peu dans les autres histoires ou romans d'Asimov. Asimov utilisait sa science-fiction pour se concentrer sur la condition humaine plutôt que sur des nouveaux mondes ésotériques ou des gadgets impressionnants. En 1953, il a publié un essai dans lequel il notait que les écrits de science-fiction entraient généralement dans l'une des trois catégories suivantes : *gadget, aventure* ou *social*. Les histoires de *gadgets* se concentrent sur la technologie, l'*aventure* est basée sur l'action, tandis que les histoires *sociales* examinent comment les changements dans le futur peuvent affecter les humains. Alors qu'à l'époque, la plupart des ouvrages de science-fiction appartenaient à l'une des deux premières catégories, Asimov s'est concentré presque exclusivement sur la science-fiction sociale.

À l'époque de sa publication, *I, Robot s'est distingué par l'*approche philosophique de la plupart de ses histoires et par le fait que les protagonistes utilisaient principalement l'intelligence et la logique pour résoudre leurs problèmes. *I, Robot* n'est pas seulement une collection d'histoires sur un futur imaginé – c'est une réflexion plus large sur la relation entre les humains et les machines qu'ils créent, et cela peut expliquer pourquoi il est resté si populaire.

Asimov a profité de l'occasion pour éditer le texte des histoires originales afin de les rendre plus cohérentes avant de les publier sous le titre *I, Robot*. Il avait également continuellement affiné et modifié les Trois lois de la robotique au fur et à mesure de la publication de ces histoires, mais dans cette anthologie, il a saisi l'occasion de présenter la version définitive de ces lois et les a fournies en guise de préface. Les lois sont importantes ici car elles constituent un élément significatif de l'intrigue de plusieurs des histoires.

UN AVENIR POSITIF

Asimov était lui-même un scientifique et il était capable de voir comment les progrès de la science pouvaient affecter l'humanité. Au cours de la décennie qui a précédé la publication de cet ouvrage, le monde a fait l'expérience de nouvelles technologies effrayantes, notamment les armes nucléaires, les missiles guidés et les ordinateurs. Il était clair qu'un avenir intégrant ces nouvelles technologies serait très différent, et Asimov était l'un des rares écrivains à utiliser la science-fiction pour examiner ce à quoi cet avenir pourrait ressembler et comment les gens pourraient y réagir. Un thème récurrent dans ces histoires est que les robots sont plus fiables et plus cohérents que les humains. Dans chaque cas, le problème d'un robot peut être attribué à une défaillance humaine. Cependant, dans presque toutes les histoires, les humains se révèlent plus intelligents que leurs créations robotiques, déjouant les dysfonctionnements des robots grâce à une intelligence supérieure. Cependant, il est remarquable que dans de nombreuses histoires, l'intelligence qui résout le problème provient du Dr Calvin, qui est elle-même décrite comme étant froide et sans émotion, comme un robot.

Dans l'ensemble, le ton de ces histoires est positif. Les robots sont considérés comme apportant de réels avantages à l'humanité et se consacrent à sa protection, contrairement à de nombreuses œuvres contemporaines où la technologie est perçue comme une menace. Asimov pensait que l'amélioration de la technologie était inévitable et il comprenait que de nombreuses personnes se sentent menacées par cette évolution. L'un des objectifs de son œuvre était de rassurer sur le fait qu'un avenir technologique pouvait être meilleur grâce à de nouvelles inventions améliorant la vie des humains.

L'HISTOIRE DU FUTUR

Asimov a lu *L'histoire du déclin et de la chute de l'Empire romain* d'Edward Gibbon (écrivain et historien anglais, 1737-1794) peu de temps avant d'écrire la première histoire de ce recueil. Il a été très impressionné par cet ouvrage et a décidé de produire une série d'histoires sur le futur proche, écrites comme si un historien les regardait en arrière. Le résultat fut la série chronologique d'histoires qui devint *I, Robot*, dans chacune desquelles le Dr Calvin bénéficie du recul nécessaire pour replacer les événements de chaque récit dans leur contexte historique. Cette trame narrative n'était pas incluse lorsque les histoires ont été publiées à l'origine et individuellement dans des magazines de science-fiction, mais elle a été ajoutée lorsque Asimov a été persuadé par la suite de les réunir en une série liée.

À l'origine, Asimov voulait appeler ce recueil *Mind and Iron*, mais son éditeur l'a persuadé d'accepter plutôt *I, Robot*. C'était également le titre d'une nouvelle d'Eando Binder publiée en 1939 dans le magazine *Amazing Stories*. Asimov a lu cette histoire et a déclaré plus tard qu'elle l'avait inspiré pour commencer à écrire *Robbie*, qui est devenu le premier des chapitres de *I, Robot*, en 1940.

IMPACT

I, Robot illustre de nombreux thèmes de ce que l'on appelle l'âge d'or de la science-fiction, qui s'étend généralement de 1938 à la fin des années 1950. Ces écrits vantaient les mérites de la technologie comme remède à de nombreux maux qui affligeaient l'humanité après 1945, et la science-fiction était de plus en plus adoptée par les éditeurs grand public qui avaient auparavant évité le genre. La première édition de *I, Robot* a été publiée en 1950 par Gnome Press, un petit éditeur new-yorkais, à 5000 exemplaires seulement. En 1956, il a été réédité par Signet Press, un autre éditeur new-yorkais, sous forme de livre de poche grand public. En 1963, la science-fiction était devenue suffisamment respectable pour que *I, Robot* soit publié par Doubleday, une maison d'édition new-yorkaise grand public. Jusqu'à la parution de livres comme *I, Robot*, la science-fiction était si peu considérée qu'il était très difficile pour les auteurs de ce genre de gagner leur vie – aussi prolifique qu'il soit, même Asimov a traité son écriture comme un passe-temps jusqu'en 1958, date à laquelle il a enfin pu gagner suffisamment pour devenir un écrivain professionnel.

L'approche érudite d'Asimov a contribué à rendre la science-fiction acceptable pour un marché de masse et à la faire considérer pour la première fois comme une littérature légitime. Dans les années 1960, cette nouvelle acceptation a conduit directement à l'émergence du mouvement de la Nouvelle Vague dans le domaine de la science-fiction, où l'expérimentation s'est accrue tant au niveau de la forme littéraire que du contenu. Isaac Asimov a contribué à changer la façon dont la science-fiction était considérée, et *I, Robot* est l'un des livres qui a conduit à ce changement.

Asimov est revenu sur les robots envisagés dans ce recueil dans de nombreuses autres œuvres. En tout, Asimov a écrit 29 autres nouvelles qui mettent en scène des robots et les Trois lois de la robotique, mais aucune n'inclut le Dr Susan Calvin ou d'autres personnages de ces histoires. Il a également écrit une série de quatre romans liés entre eux qui explorent plus avant la relation entre les humains et les robots humanoïdes dans un futur lointain. Asimov était un lecteur (et plus tard un écrivain) passionné de romans policiers, et ces quatre romans, *The Caves of Steel* (1953), *The Naked Sun* (1955), *The Robots of Dawn* (1983) et *Robots and Empire* (1985), sont tous des histoires d'enquêtes menées par le détective Elijah Baley et son partenaire robot humanoïde R. Daneel Olivaw. Ces romans se déroulent des milliers d'années après les histoires de *I, Robot*, mais ils partagent beaucoup des mêmes thèmes, à savoir les trois lois de la robotique, l'interaction entre les machines et les humains et la mesure dans laquelle les robots sont plus efficaces pour contrôler la destinée des humains que les humains eux-mêmes. Ces quatre romans, *I, Robot* et les 29 autres histoires courtes sont généralement appelés la *« série des Robots »* et le dernier roman, *Robots et Empire*, relie cette série à l'autre grande saga de science-fiction d'Asimov, la série *Fondation*.

POURSUITE DE LA RÉFLEXION

QUELQUES QUESTIONS À MÉDITER...

- Le Dr Calvin affirme que les robots sont « une race plus propre et meilleure que nous » (*Introduction*). Êtes-vous d'accord ?
- « Pensez, que pour toujours, tous les conflits sont finalement évitables. Seules les Machines, dorénavant, sont inévitables ! » (Chapitre 9 – *Le conflit inévitable*). Pensez-vous que donner le contrôle total des affaires humaines aux robots serait une bonne idée ? Pourquoi/ pourquoi pas ?
- Asimov décrit rarement la technologie en détail dans ses écrits – par exemple, le « cerveau positronique » est mentionné plusieurs fois dans ces histoires, mais il n'y a aucune tentative de le décrire ou d'expliquer son fonctionnement. Pourquoi pensez-vous qu'il ait fait cela ?
- Bien que plusieurs de ces histoires se déroulent sur d'autres planètes ou dans des stations spatiales, il n'y a aucune mention de formes de vie extraterrestres. À votre avis, pourquoi Asimov a-t-il choisi de ne pas faire intervenir d'extraterrestres dans ces histoires ?
- Les histoires de ce recueil ont été écrites à l'origine comme des contes séparés et n'ont été retravaillées que plus tard, avec une narration supplémentaire pour les relier entre elles. Est-ce que cela fonctionne ?

Y a-t-il des histoires qui ne semblent pas avoir leur place ici ?

- Dans ces histoires, les robots appellent généralement les humains « maître » et les humains appellent souvent les robots « garçon ». Que pensez-vous de cela ?
- « La Machine ne peut pas, ne doit pas, nous rendre malheureux » (Chapitre 9 – *Le conflit inévitable*). Ces histoires adoptent généralement une vision optimiste de l'impact de la technologie sur les affaires humaines. Pensez-vous que ces histoires utiliseraient le même ton si elles étaient écrites aujourd'hui ? Pourquoi ou pourquoi pas ?
- Pensez-vous que le Dr Susan Calvin puisse être un robot ? Pourquoi/pourquoi pas ?

AUTRES LECTURES

ÉDITION DE RÉFÉRENCE

- Asimov, I. (2018) *I, Robot*. Londres : Harper Collins.

SOURCES SUPPLÉMENTAIRES

- Asimov, I. (1979) *In Memory Yet Green: L'autobiographie d'Isaac Asimov, 1920-1954*. New York : Doubleday.
- White, M. (2005) *Isaac Asimov: A Life of the Grand Master of Science Fiction*. Boston : De Capo Press.

ADAPTATIONS

- Il y a eu plusieurs adaptations télévisées des histoires de ce recueil. La première était un épisode basé sur *Little Lost Robot* inclus dans la série d'anthologie de science-fiction britannique *Out of This World*, animée par l'acteur Boris Karloff et diffusée pour la première fois en 1962. Une autre série d'anthologie britannique de science-fiction, *Out of the Unknown*, comprenait deux épisodes basés sur *Reason* et *Liar!* de cette collection. Un épisode de la série russe de science-fiction *This Fantastic World* intitulé *Don't Joke with Robots* et diffusé en 1987 était également partiellement basé sur *Liar!*
- L'écrivain de science-fiction Harlan Ellison a été chargé en 1977 par Warner Brothers d'écrire un scénario basé

sur *I, Robot*. Asimov aurait été très satisfait de cette adaptation, mais le film n'a jamais été réalisé. Le scénario d'Ellison a été publié en 1994 sous le titre *I, Robot, The Illustrated Screenplay* (Norwalk : Easton Press).

- En 2004, un film avec Will Smith est sorti mais, bien qu'il utilise le titre *I, Robot*, il n'a pas grand-chose à voir avec cette collection. Le film reprend certains éléments de l'intrigue du *Petit robot perdu* (ainsi que du roman d'Asimov sur les robots intitulé *Les cavernes d'acier*) et mentionne les Trois lois de la robotique, mais le ton et le contenu du film sont complètement différents de ceux des écrits d'Asimov – le film, par exemple, met en scène des robots tueurs qui projettent de renverser leurs maîtres humains.
- En 2010, Mickey Zucker Reichert (écrivain américain de science-fiction et de fantasy, 1962-) a été chargé par la succession d'Isaac Asimov d'écrire trois romans préquels à *I, Robot*. *I Robot: To Protect* a été publié en 2011 et a été suivi de *I Robot: To Obey* en 2013 et *I Robot: To Preserve* en 2016 (New York : Berkley Books).
- La British Broadcasting Corporation (BBC) a diffusé sur Radio 4 cinq dramatiques radios de 15 minutes basées sur des histoires de ce recueil (*Robbie, Reason, Little Lost Robot, Liar !* Et *The Evitable Conflict*) en 2017.

Votre avis nous intéresse !
Laissez un commentaire sur le site de votre librairie en ligne
et partagez vos coups de cœur sur les réseaux sociaux !

lePetitLittéraire.fr

- des analyses de livres
- des fiches de lectures
- des commentaires littéraires
- des questionnaires de lecture
- des résumés

**Retrouvez
notre offre complète sur
lePetitLittéraire.fr**

ISBN version numérique : 9782808684088
ISBN version papier : 9782808684880
Dépôt légal : D/2023/12603/988

Conception numérique : Primento,
le partenaire numérique des éditeurs.